幽韵雅集·古诗词选

石绣

预拂青山一片石

唐婷婷 编著

陕西新华出版传媒集团
太白文艺出版社

图书在版编目（CIP）数据

石隽 ：预拂青山一片石 / 唐婷婷编著. -- 西安 ：
太白文艺出版社，2020.8
（幽韵雅集·古诗词选 / 李路主编）
ISBN 978-7-5513-1847-1

Ⅰ. ①石… Ⅱ. ①唐… Ⅲ. ①古典诗歌—诗集—中国
Ⅳ. ①I222

中国版本图书馆CIP数据核字（2020）第080305号

石隽：预拂青山一片石
SHIJUAN:YU FU QINGSHAN YI PIAN SHI

主　　编　李　路
作　　者　唐婷婷
责任编辑　李明婕　张　鑫
装帧设计　钟文娟　刘昌凤
出版发行　陕西新华出版传媒集团
　　　　　太白文艺出版社
经　　销　新华书店
印　　刷　河北环京美印刷有限公司
开　　本　787mm×1092mm　1/32
字　　数　78千字
印　　张　7
版　　次　2020年8月第1版
印　　次　2020年8月第1次印刷
书　　号　ISBN 978-7-5513-1847-1
定　　价　49.80元

联系电话：029-81206800
出版社地址：西安市曲江新区登高路1388号（邮编：710061）
营销中心电话：029-87277748　029-87217872

总序

行幽韵之事，博雅趣之长

李路

有书云：香令人幽，酒令人远，茶令人爽，琴令人寂，棋令人闲，剑令人侠，杖令人轻，麈令人雅，月令人清，竹令人冷，花令人韵，石令人隽，雪令人旷，僧令人淡，蒲团令人野，美人令人怜，山水令人奇，书史令人博，金石鼎彝令人古。

说尽世间之『韵』事也。

古典诗词蕴含着中华民族千年文化的基因，从中国诗歌的滥觞《诗经》开始，绵延不绝，形成了楚辞、唐诗、宋词、元曲等一座座高峰。这些跨越千年的文字，如那亘古沉静的璀璨星辰，点亮中华文明的发展历程，使之流光溢彩、熠熠生辉。

曾几何时，我们跟随苏子瞻共吟『莫听穿林打叶声，何妨吟啸且徐行。竹杖芒鞋轻胜马，谁怕？一蓑烟雨任平生』，千古洒脱、百世豁达；跟随李太白同问『青天有月来几时，我今停杯一问之』，豪放俊迈、浪漫飘逸；跟随王摩诘共奏『独坐幽篁里，弹琴复长啸』，诗卷漫天，物我两忘；跟随李易安同叹『醉里插花花莫笑，可怜春似人将老』，真挚庄雅，婉丽哀伤；跟随纳兰容若共愁『西风多少恨，吹不散眉弯』，哀感顽艳，格高韵远……这些熟悉的文字，勾勒出一圈圈唯美的时光年轮，伴随我们安静地与岁月对话。

古人善雅事，『纸帐梅花，休惊他三春清梦；笔床茶灶，可了我半日浮生』『灯下玩花，帘内看月，雨后观景，醉里题诗，梦中闻书声，皆有别趣』。

据此，择香、酒、茶、琴、棋、剑、杖、麈、月、竹、花、

石、雪、僧、美人、山水、书史、金石相应清诗雅词，辑为小集，名『幽韵雅集』，行幽韵之事，博雅趣之长。

让我们在这些文字中赏松阴花影的静谧，山月美人的清魂，拨弦烹茶的惬意，采菱秋水的灵动。听琴声悠扬，行笔墨流转，品人间雅趣。

三千年来的古诗词，浩如烟海，编者在辑选过程中，以意境美、文字美、韵律美为择选的标准。在鉴赏时，不求全析，只求共鸣，用感发人心的淡美文字对其解析。

本辑精选齐白石、吴湖帆、溥儒、石涛、傅抱石、黄宾虹、于非闇、陈少梅、张石园、吴昌硕等大师的绘画作品，文、图、鉴意境融合，辉映共生。

同时，编者严选底本，精心校注，展现经典本来的面貌。

在编排过程中，本辑提取诗词名字的首字部首，

并依据《汉字部首表》，按照笔画数由少到多的次序进行排序。但因编排体例的限制，笔画数相同的以及起笔笔形相同的，不再遵循横（一）、竖（丨）、撇（丿）、点（丶）、折（乛）的顺序排列，而按照各诗词不同意境依次排序。

因能力有限，在成书过程中，未免有鲁鱼亥豕之讹，敬请各位读者不吝指正。

二〇二〇年五月

自序

『花如解笑还多事，石不能言最可人。』

纵观古今，我国的诗人们对石有着一种特殊的情结。他们爱石的峻峭嶙峋之美、深沉幽远之意，也爱石的坚定顽强之德。诗人们将这些情结融进诗词之中，让石在世人眼中有了更立体的面貌。

『拨云寻古道，倚石听流泉』『预拂青山一片石，与君连日醉壶觞』。说到石，必然离不开山水。诗人们总爱在山林间、清溪旁寻一块石，或坐或卧，或饮酒或弹琴，静听松涛、流泉之声，偷得浮生半日闲。这一刻时光仿佛也慢了下来，所有的凡尘纷扰皆与我无关，只有眼前的美景与心中的安宁。

『朝移一株石，暮引一脉水』『一片瑟瑟石，数竿青青竹』。诗人们并不满足于仅在自然山水中欣赏石的美，他们还爱将石引进幽居庭院之中。几块嶙峋

怪石，数竿青翠幽竹，为诗人的居所增添了无数的生机与意趣。尤其是归隐的诗人，经历过尘世间的挫折磨难，再返回山林时，终于感受到生活的安闲与乐趣，抚平那颗沧桑的心，这一切便更显得尤为珍贵。

除了欣赏石的美，古人们还爱石的品德。在诗人们的眼中，石象征着坚定与顽强。在这充满诱惑与艰辛的人世间，最易迷失的是人的本心。正因懂得保持、坚定自己的初心是多么地不易，所以石坚定顽强的精神更为诗人们称颂、钦佩。时光流转千年，万物皆变，而那些顽强的石却挨过了岁月的打磨，依旧挺立在历史长河中。与它同在的，还有诗人们为它写下的诗句与赞歌。

二〇二〇年三月

目录

·一笔画·

·二笔画·

山

扌

小○

夊○

辶○

·四笔画·

贝○

禾○

车○

歹○

·五笔画·

·六笔画·

石隽
预拂青山一片石

煙江疊嶂

近見石谷子
長巷蒼莽
並葉蒼莽
原清而江樹
景物幽邃
文貴趣理深
蒼潭之渺漭
極一兩末能為
一兩子曰
石園張克龢

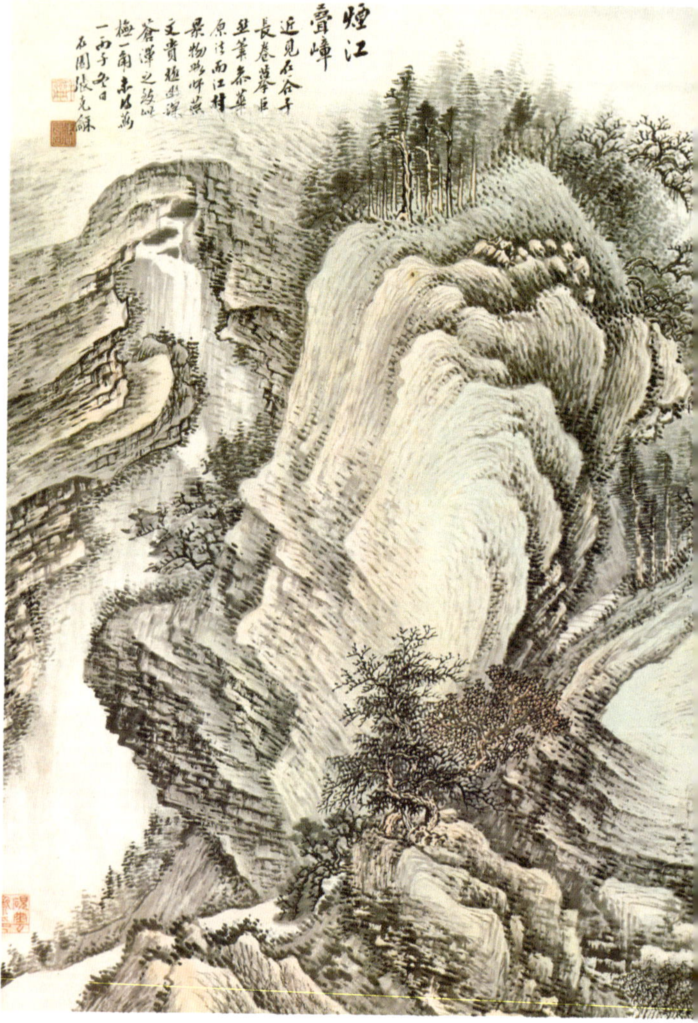

石隽

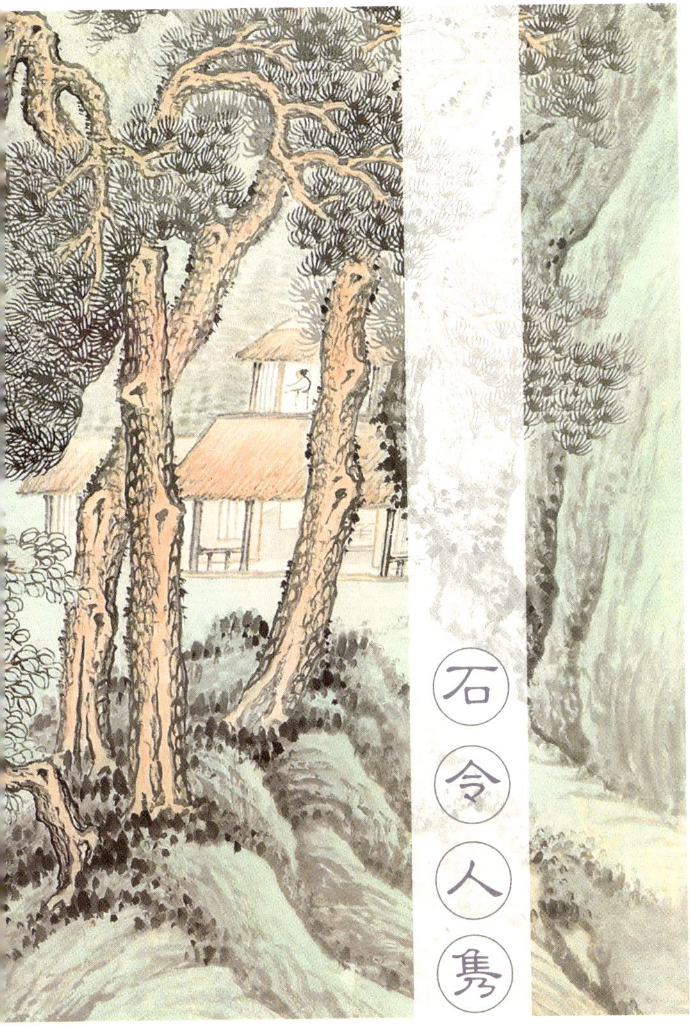

石令人隽

◎九日

［唐］李白

今日云景好，水绿秋山明。
携壶酌流霞，搴菊泛寒荣。
地远松石古，风扬弦管清。
窥觞照欢颜，独笑还自倾。
落帽醉山月，空歌怀友生。

◎李白，字太白，号青莲居士，又号谪仙人，唐代伟大的浪漫主义诗人，被后人誉为“诗仙”。

◎秋高气爽，山青水绿，携一壶好酒登高采菊。这里松柏参天，怪石嶙峋，正适合举杯独饮，悠然赏景。只是秋色易醉人，让我更思念远方的挚友。

◎千年调·左手把青霓

【宋】辛弃疾

开山径得石壁，因名曰苍壁。事出望外，意天之所赐邪，喜而赋之。

左手把青霓，右手挟明月。
吾使丰隆前导，叫开阊阖。
周游上下，径入寥天一。
览县圃，万斛泉，千丈石。

钧天广乐，燕我瑶之席。

帝饮予觞甚乐，赐汝苍璧。

嶙峋突兀，正在一丘壑。

余马怀，仆夫悲，下恍惚。

◎携彩虹明月，游历仙境。游览神仙居所，清泉仙石。天帝与我宴饮，赐我苍璧石。我却思念故园，返回人间时，一阵恍惚惆怅。

◎中夜起望西园值月上

【唐】柳宗元

觉闻繁露坠，开户临西园。
寒月上东岭，泠泠疏竹根。
石泉远逾响，山鸟时一喧。
倚楹遂至旦，寂寞将何言。

◎柳宗元，字子厚，唐代文学家、哲学家、散文家和思想家，“唐宋八大家”之一。

◎夜半，万籁俱寂，未眠人漫步西园。月光清冷，水流敲打疏竹，泠泠作响。远处，山间石泉的叮咚声声隐隐传来，又被山鸟打破了夜的寂静。就这样，我在这个寂寞的夜里，无眠到大明。

◎临江仙·宿僧舍

【宋】毛滂

古寺长廊清夜美，风松烟桧萧然。
石阑干外上疏帘。
过云闲窈窕，斜月静婵娟。
独自徘徊无个事，瑶琴试奏流泉。
曲终谁见枕琴眠。
香残虬尾细，灯暗玉虫偏。

◎毛滂，字泽民，北宋词人。其诗词被时人评为“豪放恣肆”“自成一家”。

◎漫步古寺长廊，晚风吹动石栏杆外竹帘。抬首看，闲云悠悠，斜月似钩。轻抚瑶琴无人听，曲终后，香已残，灯已暗，寂寂长夜，缘何难眠？

◎万山潭作

【唐】孟浩然

垂钓坐磐石，水清心亦闲。
鱼行潭树下，猿挂岛藤间。
游女昔解佩，传闻于此山。
求之不可得，沿月棹歌还。

◎孟浩然，名浩，字浩然，号孟山人，唐代著名的山水田园派诗人，与王维并称为“王孟”。

◎独坐磐石，悠然垂钓，潭水清幽，树影斑斓。曾闻有神女降临，求之不得，只好在月光下乘舟放歌而返。

◎下牢溪

【宋】欧阳修

隔谷闻溪声，寻溪度横岭。
清流涵白石，静见千峰影。
岩花无时歇，翠栢郁何整。
安能恋潺湲，俯仰弄云景。

◎欧阳修，字永叔，号醉翁，晚号六一居士，是在宋代文学史上最早开创一代文风的文坛领袖，“唐宋八大家”之一。

◎只因那一缕潺潺溪声，我翻越山岭，终于寻见白石间那一条涓流。但见，层峦叠嶂，山花烂漫，古柏葱葱。一念执着，竟换来仙境机缘。

◎世情

【元】王冕

世情多曲折，客况自堪怜。
听雨愁如海，怀人夜似年。
草肥燕地马，花老蜀山鹃。
淡冷归软计，苍苔满石田。

◎王冕，字元章，号煮石山农，元朝著名画家、诗人、篆刻家。一生爱好梅花，种梅、咏梅，又工画梅。

◎人活世间，总会有诸多艰难曲折。听雨时，有愁绪糅进心间。怀念故人时，夜变得漫长如年。尝尽俗情冷暖，思归田园，焉知石田难耕，亦多艰难。

◎东池

【宋】张耒

东池秋水清，历历见沙石。
枯荷半倒折，风起鸣摵摵。
悠悠岸边菊，灼灼好颜色。
芬芳人不知，寂寞聊自得。

寒蛩白日啼，晚叶霜余赤。
无人野竹繁，积雨平桥侧。
嗈嗈云间鸿，岁晚霰雪迫。
乘闲辄独游，官闲幸无责。

◎张耒，宋代诗人，字文潜，号柯山。其词流传很少，语言瑰丽婉约，风格与柳永、秦观相近。

◎一池秋水，清澈见底，秋风起，枯荷瑟瑟。岸边寂寞的雏菊吐露芬芳，红叶野竹相得益彰。我漫步独游其中，偷得浮生半日闲。

◎两同心·秋水遥岑

[宋] 黄庭坚

秋水遥岑，妆淡情深。

尽道教、心坚穿石，更说甚、官不容针。

霎时间、雨散云归，无处追寻。

小楼朱阁沈沈。一笑千金。

你共人、女边著子，争知我、门里桃心。

最难忘，小院回廊，月影花阴。

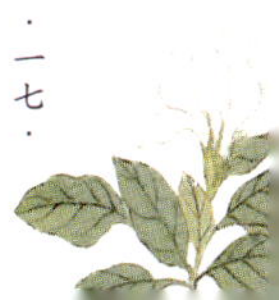

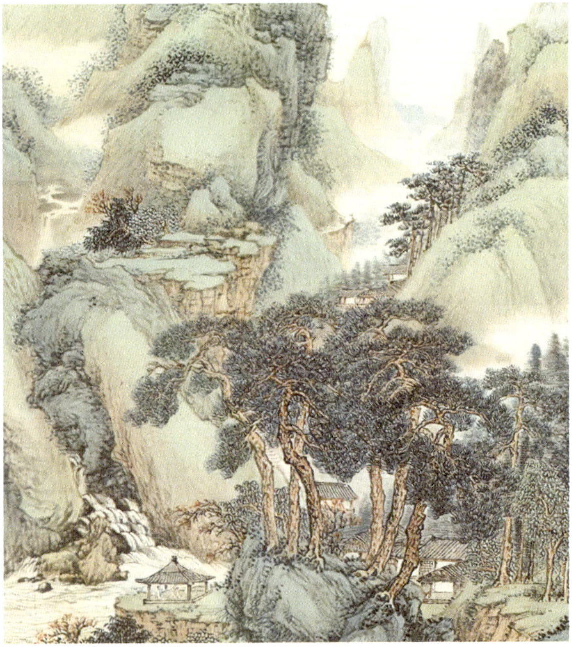

◎黄庭坚，字鲁直，号山谷道人、涪翁，北宋著名文学家、书法家，江西诗派开山之祖。

◎无论浓妆淡抹，在我眼中都是最美。我对你的深情，坚可穿石。怎耐落花有意，流水无情，见你与他人郎情妾意，可知我心中苦闷？而我依旧难忘，初见时，一眼万年。

◎三月二十三日海云摸石

【宋】范成大

劝耕亭上往来频，四海萍浮老病身。

乱插山茶犹昨梦，重寻池石已残春。

惊心岁月东流水，过眼人情一哄尘。

赖有贻牟堪饱饭，道逢田畯且眉伸。

◎范成大，字致能。南宋名臣、文学家。诗作风格清新、平易浅显。

◎重游海云寺摸石祈福，眼前游人如织，我却不由得慨叹聚散无常，人情浅薄，不如就以老病之身归隐田园。

◎正月二十四日到梅山二首·选一

【宋】陈著

困来禁不住，一动亦悠悠。
家事青山外，春心白发前。
逢人相问岁，为客又开年。
得醉梅花下，何妨就石眠。

◎陈著，字子微，号本堂，宋代文人。其诗文大多抒发他忧国忧民和歌颂祖国河山的心情。

◎时光荏苒，岁月将一头青丝染成白发。不知今夕何夕，原来又是一年。出门探寻春光，醉于梅花树下，卧石而眠。

◎于中好·小构园林寂不哗

［清］纳兰性德

小构园林寂不哗，疏篱曲径仿山家。

昼长吟罢风流子，忽听楸枰响碧纱。

添竹石，伴烟霞。拟凭樽酒慰年华。

休嗟髀里今生肉，努力春来自种花。

◎纳兰性德，字容若，号楞伽山人，清朝初年词人。词风“清丽婉约，哀感顽艳，格高韵远，独具特色”。

◎筑一座幽静园林，如山野人家布置几个稀疏篱笆和蜿蜒小径，添一些幽石雅竹，来年再种些花草。闲暇时，吟诗、对弈、饮酒，安逸自在。

◎书适

【宋】陆游

清和巷陌单衣后，绿润轩窗午饷余。
曲曲素屏围倦枕，斜斜筠架阁残书。
松阴坐石闲看鹤，山寺寻僧晚跨驴。
此段家风君试看，京麈扑帽独何欤？

◎陆游，字务观，号放翁。其诗语言平易晓畅、章法整饬谨严，尤以饱含爱国热情对后世影响深远。

◎清爽的夏日午后，捧一卷书，于松阴处坐于石上，悠闲地看着白鹤，日暮时分，骑着驴儿去山寺寻僧。这样的生活是多么舒适安闲。

◎八阵图

【唐】杜甫

功盖三分国，
名成八阵图。
江流石不转，
遗恨失吞吴。

◎杜甫，字子美，自号少陵野老，唐代伟大的现实主义诗人，被后人称为“诗圣”，他的诗被称为“诗史”。

◎常常为诸葛孔明叹息，三分天下建立不世之功，创八阵图扬万世之名。如今江水奔流千年，八阵图石堆依旧，我却还在遗憾当年刘备的吞吴之策。

◎八声甘州·故将军饮罢夜归来

【宋】辛弃疾

夜读李广传，不能寐，因念晁楚老、杨民瞻约同居山间，戏用李广事，赋以寄之。

故将军饮罢夜归来，长亭解雕鞍。
恨灞陵醉尉，匆匆未识，桃李无言。
射虎山横一骑，裂石响惊弦。
落魄封侯事，岁晚田园。

谁向桑麻杜曲，要短衣匹马，
移住南山？
看风流慷慨，谈笑过残年。
汉开边、功名万里，甚当时、
健者也曾闲。
纱窗外、斜风细雨，一阵轻寒。

◎辛弃疾，字幼安，别号稼轩居士，南宋豪放派词人，有“词中之龙”之称。

◎犹记飞将军李广，误认草丛中虎，一箭穿裂石。我虽隐居南山，亦有李广之志，怎耐时不我与。一声叹，窗外斜风细雨，天已寒。

◎北窗竹石

【唐】白居易

一片瑟瑟石，数竿青青竹。
向我如有情，依然看不足。
况临北窗下，复近西塘曲。
筠风散余清，苔雨含微绿。
有妻亦衰老，无子方茕独。
莫掩夜窗扉，共渠相伴宿。

◎白居易，字乐天，号香山居士，又号醉吟先生，是唐代伟大的现实主义诗人。

◎北窗之下，一片瑟瑟石，数竿青青竹，都是我的最爱。清风细雨时，这一方幽色总能予我安宁。不必关窗，在每个孤独的夜晚，都有它们与我相伴。

◎别储邕之剡中

【唐】李白

借问剡中道，东南指越乡。
舟从广陵去，水入会稽长。
竹色溪下绿，荷花镜里香。
辞君向天姥，拂石卧秋霜。

◎乘一叶舟前往剡中，路途中风景如画，清溪掩映着丛丛绿竹，荷花飘荡着清香。与君辞别后，我将去往天姥山，卧于巨石之上，沐浴秋霜。

◎上乘方丈

[宋] 陈著

石边流水竹边松，
中有十年前好风。
悠然自得忽自笑，
今日何日此山中。

◎静坐石上，溪水轻快流过，清风徐来，吹响一片松竹。悠然自得间，忽哑然失笑，山居日久，已不知今夕是何年。

◎信笔二首·选一

【宋】陆游

吾生本暂寓，无日不可死。
区区迟速间，何地著愠喜？
朝移一株石，暮引一脉水。
是中亦何乐，一笑聊尔耳。

◎此身暂留于人世间，生死喜怒皆已看破。朝移一株石，暮引一脉水，安闲度日，亦是一种乐趣。

◎偶成二首·其一

【宋】邓肃

苍苔白石两清幽，缥缈虹桥跨碧流。
日过窗间腾野马，雨余墙角篆蜗牛。
饥寒不作妻孥念，笑语那知天地秋？
一炷水沉参鼻观，扫空六凿自天游。

◎邓肃，字志宏，号栟榈。他是宋朝著名的谏官，也是诗文名家。

◎一道缥缈虹桥架于清溪之上，苍苔白石给溪水添了一丝幽色。阳光转过窗角，雨后的墙角还有蜗牛的足迹。尽管时光易逝，我依旧不改初衷。

◎从崔中丞过卢少尹郊居

［唐］柳宗元

寓居湘岸四无邻，世网难婴每自珍。
莳药闲庭延国老，开樽虚室值贤人。
泉回浅石依高柳，径转垂藤闲绿筠。
闻道偏为五禽戏，出门鸥鸟更相亲。

◎隐逸山林，远离人烟，脱离尘世凡俗的束缚。这里有清泉浅石依杨柳，蜿蜒小径，垂藤绿竹；又有鹅儿、鸥鸟相伴。我已备好美酒，只等你来相聚。

◎念奴娇·赤壁怀古

【宋】苏轼

大江东去，浪淘尽，千古风流人物。
故垒西边，人道是，三国周郎赤壁。
乱石穿空，惊涛拍岸，卷起千堆雪。
江山如画，一时多少豪杰。

遥想公瑾当年，小乔初嫁了，雄姿英发。
羽扇纶巾，谈笑间、樯橹灰飞烟灭。
故国神游，多情应笑我，早生华发。
人生如梦，一尊还酹江月。

◎悠悠长江，波浪翻涌，赤壁江岸，乱石林立，惊涛拍岸，蔚为壮观。遥想三国周郎，赤壁之战，立千古功业。而我已老矣，未建功业，只能怀古高歌，举酒遥祭江月，以慰平生。

◎念奴娇·见郑文昌于上柏

〔宋〕李曾伯

平生宦海，是几番风雨，几番霜雪。绿野来归身强健，镜里微添华发。剑束床头，书寻架上，富贵轻于叶。南坡石竹，年来尤更清绝。

好是梅坞松关，对湘溪一曲，翠屏千叠。
柱杖蓝舆诗卷里，尚小东山勋业。
只恐鸥盟，难忘鹤怨，未是闲时节。
片云收却，照人依旧明月。

◎李曾伯，宋代词人，字长孺，号可斋。其词喜用慷慨悲壮之调，抒发忧时感世之情。

◎一生宦海沉浮，归来时已添华发。不如停下静享一段悠闲时光，才发现南坡石竹如此清绝。

◎入昌松东界山行

【唐】高适

鸟道几登顿，马蹄无暂闲。
崎岖出长坂，合沓犹前山。
石激水流处，天寒松色间。
王程应未尽，且莫顾刀环。

◎高适，字达夫，一字仲武。唐朝边塞诗人，著有《高常侍集》二十卷。

◎一路翻山越岭，昼夜兼程。而前路依旧崎岖漫长，山间激流击石，寒意漫延。且莫倦，王事未尽，不当思归。

◎南乡子·捣衣

【清】顾贞观

嘹唳夜鸿惊，叶满阶除欲二更。
一派西风吹不断，秋声，中有
深闺万里情。
片石冷于冰，雨袖霜华旋欲凝。
今夜戍楼归梦里，分明，纤手
频呵带月迎。

◎顾贞观，字远平，号梁汾。工诗文，词名尤著，著有《弹指词》《积书岩集》等。

◎秋夜，西风呼啸，惊鸿哀鸣。捣衣声声，相思难寄。边关，石冷如冰，戍边人已在梦里。梦中，月下还乡，早有亲人呵手相迎。

◎南山田中行

〔唐〕李贺

秋野明，秋风白，塘水漻（liáo）漻虫啧啧。
云根台藓山上石，冷红泣露娇啼色。
荒畦九月稻叉牙，蛰萤低飞陇径斜。
石脉水流泉滴沙，鬼灯如漆点松花。

◎李贺，字长吉，中唐浪漫主义诗人，与李白、李商隐称为“唐代三李”，是“长吉体”诗歌开创者。

◎秋夜，月华照亮了空旷的田野。眼前山石苍翠，秋花娇艳，稻穗参差，有夜虫啧啧，萤火虫低飞轻舞，还有星点给这夜添了一分幽冷。

◎真珠帘·近雅轩即事

【宋】张炎

云深别有深庭宇。小帘栊、占取芳菲多处。

花暗水房春，润几番酥雨。

见说苏堤晴未稳，便懒趁、踏青人去。

休去。且料理琴书，夷犹今古。

谁见静里关心，纵荷衣未葺，雪巢堪赋。
醉醒一乾坤，任此情何许。
茂树石床同坐久，又却被、清风留住。
欲住。奈帘影妆楼，翦灯人语。

◎张炎，字叔夏，号玉田，又号乐笑翁，南宋词人。其词寄托了他家国衰亡之痛，备极苍凉。

◎烟云深处藏一方庭宇，楼台临水，花香四溢。无须踏青苏堤，且静心于琴书，或开怀一醉。暮色渐近，久坐石床难离去，只因有清风留客。

◎访石林

[宋] 刘一止

山行不用瘦藤扶，
度石穿云意自徐。
夜过西岩投宿处，
满身风露竹扶疏。

◎刘一止，字行简，号太简居士。为文敏捷，博学多才，其诗为吕本中、陈与义所赞赏。

◎放慢匆忙的脚步，登山赏景，拾级而上。抬眼看，烟云缭绕山石间，恍若仙境。暮色已深，且带着一身风露投宿山家。

◎诉衷情·闲中一盏建溪茶

【宋】张抡

闲中一盏建溪茶，香嫩雨前芽。
砖炉最宜石铫diào，装点野人家。
三昧手，不须夸。满瓯花。
睡魔何处，两腋清风，兴满烟霞。

◎张抡，宋代词人，字才甫，自号莲社居士。好填词，每应制进一词，宫中即付之丝竹。

◎闲暇时光，煮一壶清茶，砖炉石铫最相宜，浅尝一口，温润清香。深夜难眠，尚有芬芳萦绕心间。

◎夜酌丹山

〔宋〕陈著

石路深深著梵宫，绿阴截断出尘红。
春风杖屦闲忙外，明月山林醒醉中。
有酒何须白莲社，无诗可入碧纱笼。
归途自有儿扶笑，不用过溪劳远公。

◎春光正好，扶一枝杖登山访友，一条幽深石路通往山寺，一片绿荫截断了红尘。不需吟诗，只愿与君畅饮，归途有儿相扶，莫相送！

◎戏题盘石

【唐】王维

可怜盘石临泉水，
复有垂杨拂酒杯。
若道春风不解意，
何因吹送落花来。

◎春光旖旎，磐石之旁，有泉水清清，垂杨漫舞，饮一杯美酒，最是惬意。而春风又是如此善解人意，送来几片落花。这一刻，心中尽是画意诗情。

◎次韵答樊山四首·其二

［元］王冕

功名多跋涉，贫贱得安闲。
坐石听流水，开楼见远山。
报衙蜂澒(hòng)洞，悦景鸟绵蛮。
更爱斜阳外，游云作阵还。

◎追求功名之路曲折漫长，不若安守贫贱，做个闲人。坐于石边，听流水潺潺；登高望远，看青山隐隐。更爱夕阳西下时，云彩漫天。

◎次韵石林见贻绝句四首·选一

【宋】韩元吉

敢从州县叹徒劳，
斗米真成费束蒿。
一醉石林岩下月，
世间无复武陵桃。

◎韩元吉，字无咎，号南涧，南宋词人，其词多抒发山林情趣。

◎若不是陶渊明不为五斗米折腰，愤然辞官，只求一醉于月下石林，世间又怎会有桃源仙境的传说呢？

◎次韵赵文鼎同游鹅石五首·选一

[宋] 韩元吉

桃花临水唤人看，
花在嶙峋翠石间。
莫惜持杯酬烂漫，
更须扶杖俯潺湲。

◎春水边，翠石间，桃花开得正灿烂，让人忍不住想要饮酒作诗去吟诵她，更想走近她，感受她的妖娆烂漫。

◎客游

[唐] 李贺

悲满千里心，日暖南山石。
不谒承明庐，老作平原客。
四时别家庙，三年去乡国。
旅歌屡弹铗，归问时裂帛。

◎阳光和暖地照耀着南山之石，而我的心却满是悲苦。为求明主，建立功业，已流浪多年，只能将一腔思乡愁绪写进信中。

◎花竹

【元】王冕

乙未访仲远，宿寄傲轩，观李作，遂赋长句。

花竹参差荫石苔，幽居却似小蓬莱。
山光入座青云动，水色摇天白雨开。
得兴不妨闲觅句，忘机尽自可衔杯。
主人爱客能潇洒，许我携琴日日来。

◎一处幽居，宛若仙境。修竹花影，石苔青青。居此山清水秀之地，闲时吟诗抚琴，偶有知己来访，岂不乐哉！

真於天上銀河水倒
瀉千巖萬壑間
丁亥秋日仿六如居士
筆意 玉岡張克龢

◎菩萨蛮·宜兴作

[宋] 苏庠

北风振野云平屋，寒溪淅淅流冰谷。
落日送归鸿，夕岚千万重。
荒坡垂斗柄，直北乡山近。
何必苦言归，石亭春满枝。

◎苏庠，宋代文人，字养直，自号眚翁。其诗多是怡情自然风物，其词多描写闲适生活。

◎北风起，溪水寒，夕阳西下，层层云雾中，北雁南飞。北斗星指明了回家的方向，不言路途苦，归乡后定是满树春光。

◎蓝田溪杂咏二十二首·石井

【唐】钱起

片霞照仙井，
泉底桃花红。
那知幽石下，
不与武陵通。

◎钱起，字仲文，唐代诗人。其诗作的题材多偏重于描写景物和投赠应酬。音律谐婉，时有佳句。

◎红霞映照之下，有一眼石井。清泉之底，一片桃花红色。不知那幽石之下，是否通往桃源仙境。

◎蓦山溪·春风野外

【宋】葛胜仲

春风野外，卵色天如水。

鱼戏舞绡纹，似出听、新声北里。

追风骏足，千骑卷高冈，一箭过，

万人呼，雁落寒空里。

天穿过了，此日名穿地。
横石俯清波，竞追随、新年乐事。
谁怜老子，使得暂遨游，争捧手，
乍凭肩，夹道游人醉。

◎葛胜仲，字鲁卿，宋代词人。与叶梦得关系甚密，词风亦相近。著有《丹阳词》。

◎春光明媚，按捺不住心中的雀跃，去往野外郊游。猎场上，雄姿英发，振奋人心。清溪边，石桥上，美景如画，游人如织。

◎行香子·述怀

【宋】苏轼

清夜无尘，月色如银。酒斟时、须满十分。浮名浮利，虚苦劳神。叹隙中驹，石中火，梦中身。

虽抱文章，开口谁亲。且陶陶、
乐尽天真。
几时归去，作个闲人。对一张
琴，一壶酒，一溪云。

◎苏轼，字子瞻，号东坡居士，是北宋中期文坛领袖，词开“豪放”一派。

◎清朗之夜，月色如银。把酒对月，叹名利如过眼浮云，时光如石中花火。满腹文章，难遇伯乐，不如归隐。饮酒抚琴，寄情山水。

◎御街行·别东山

[宋]贺铸

松门石路秋风扫。似不许、飞尘到。
双携纤手别烟萝，红粉清泉相照。
几声歌管，正须陶写，翻作伤心调。
岩阴暝色归云悄。恨易失、千金笑。
更逢何物可忘忧，为谢江南芳草。
断桥孤驿，冷云黄叶，相见长安道。

◎贺铸，字方回，自号庆湖遗老。其词内容、风格较为丰富多样，兼有“豪放”“婉约”二派之长。

◎苍松为门，青石为路，秋风扫尽飞尘。与你阴阳相隔后，总会回忆起与你在一起的点滴。尽管有江南风光，歌管悠悠，仍不能解我忧愁。

◎太常引·非僧非俗不求仙

【元】姬翼

非僧非俗不求仙。茅屋两三椽。白石与清泉。更谁问、桃源洞天。一炉香火，一瓯春雪，浇灌净三田。闲想谷神篇。忽不觉、松梢月圆。

◎姬翼，元代诗人，字子构。工诗，多奇句，著有《子构集》。

◎三两间茅屋，有清泉与白石相伴，这里便是我的桃花源。点一炉香火，煮一杯清茶，将心灵洗净。静坐冥想，不觉间，月已初升。

独酌清溪江石上寄权昭夷

【唐】李白

我携一樽酒，独上江祖石。
自从天地开，更长几千尺。
举杯向天笑，天回日西照。
永愿坐此石，长垂严陵钓。
寄谢山中人，可与尔同调。

携一壶美酒，独自来到江祖石。我坐于石上，一边独饮，一边垂钓，享受这悠然时光。不知远方的你，可愿与我同往？

◎庆清朝·山东滩声

［元］仇远

山东滩声，月移石影，寒江夜色空浮。
丹青古壁，风幡横卧东流。
小舣载云轻棹，湖痕渐落葑泥稠。
津亭外，隔船吹笛，唤起眠鸥。

非但予愁渺渺，料那人，应自有、一襟愁。
霜栖露泊，容易吹白人头。
漠漠荻花胜雪，拟寻静岸略移舟。
留闲耳，听莺小院，听雨西楼。

◎仇远，字仁近，元代文学家、书法家。

◎独坐船中痴望夜景，月光如水，江色苍茫。是谁吹起悠扬笛声，遣一怀愁绪。秋风起，夜未眠，倾耳听雨声。

◎归朝欢·题赵晋臣敷文积翠岩

【宋】辛弃疾

我笑共工缘底怒，触断峨峨天一柱。
补天又笑女娲忙，却将此石投闲处。
野烟荒草路。先生柱杖来看汝。
倚苍苔，摩挲试问：千古几风雨？

长被儿童敲火苦，时有牛羊磨角去。
霍然千丈翠岩屏，锵然一滴甘泉乳。
结亭三四五。会相暖热携歌舞。
细思量：古来寒士，不遇有时遇。

◎你本是补天之石，却被闲置于此。千百年来，隐于野烟荒草之处，掩盖光华。忽有一天，你现出斑斓原貌，惊艳世人。

◎寻雍尊师隐居

【唐】李白

群峭碧摩天，逍遥不记年。
拨云寻古道，倚石听流泉。
花暖青牛卧，松高白鹤眠。
语来江色暮，独自下寒烟。

◎群峰苍翠，远离尘嚣。穿过云雾寻访古道，倾听石边溪水潺潺。与雍尊师相谈甚欢，不觉已暮色苍茫，只好从寒烟笼罩的山间独自归来。

◎终南东溪中作

[唐] 岑参

溪水碧于草，潺潺花底流。
沙平堪濯足，石浅不胜舟。
洗药朝与暮，钓鱼春复秋。
兴来从所适，还欲向沧洲。

◎岑参，唐代诗人，边塞诗尤多，与高适并称“高岑”。

◎溪水清浅，潺潺流过，花草将溪水映成一片碧色。春去秋来，已习惯了在此洗药垂钓的闲适，是否还想要去沧洲？

◎闲居自述

【宋】陆游

自许山翁懒是真，纷纷外物岂关身。
花如解笑还多事，石不能言最可人。
净扫明窗凭素几，闲穿密竹岸乌巾。
残年自有青天管，便是无锥也未贫。

◎只愿做个闲人，纷扰尘俗皆不关身。娇花虽动人，却嫌多事；更爱石无言，自有风骨。

◎闺情代作

【唐】杜牧

梧桐叶落雁初归，迢递无因寄远衣。
月照石泉金点冷，凤酣箫管玉声微。
佳人刀杵秋风外，荡子从征梦寐希。
遥望戍楼天欲晓，满城冬鼓白云飞。

◎杜牧，字牧之，号樊川居士。杜牧的诗歌以七言绝句著称，内容以咏史抒怀为主。与李商隐并称“小李杜”。

◎秋风起，雁南飞，石泉上的月光已透着寒意。你远戍千里，再难穿到妻子做的冬衣。深夜无眠，闻城中战鼓声，只好将思念收拾起。

◎如梦令·横塘答斜日照扉

【清】朱彝尊

横塘答斜日照扉，松钗柳带依依。
犹记石桥下，绿阴小舫催归。
花飞，花飞，独自水上湔jiān衣。

◎朱彝尊，字锡鬯，号竹垞，清朝词人、学者、藏书家。作词风格清丽，为“浙西词派”的创始人。

◎还记得石桥下与你离别，目送你乘舟远去。从此后我总爱来这里，看夕阳斜照，杨柳依依，等待着你的归期。

◎姑孰十咏·谢公宅

[唐]李白

青山日将暝，寂寞谢公宅。
竹里无人声，池中虚月白。
荒庭衰草遍，废井苍苔积。
唯有清风闲，时时起泉石。

◎暮色将近，谢公宅一片寂静。竹林幽静，冷月无声，庭院废井，皆是一片荒芜。只有那清风悠悠，吹拂泉石，叮咚有声，给这静谧的夜添了一丝色彩。

◎池州废林泉寺

［唐］杜牧

废寺林溪上，颓垣倚乱峰。
看栖归树鸟，犹想过山钟。
石路寻僧去，此生应不逢。

◎曾经的寺院已经废弃，林溪山岭中，只留下残垣断壁。暮归的鸟儿找不到旧路，我沿着石路寻僧，恐怕此生再难相逢。

◎池上幽境

【唐】白居易

袅袅过水桥，微微入林路。
幽境深谁知，老身闲独步。
行行何所爱，遇物自成趣。
平滑青盘石，低密绿阴树。
石上一素琴，树下双草屦。
此是荣先生，坐禅三乐处。

◎独自闲庭信步，探赏幽境。清溪、小桥、青石、绿荫，相映成趣。坐于石上，抚一曲清音，邂逅一段闲适时光。

◎江州五咏·东湖

【宋】苏辙

读书庐山中，作郡庐山下。
平湖浸山脚，云峰对虚榭。
红蕖纷欲落，白鸟时来下。
犹思隐居胜，乱石惊湍泻。

◎苏辙，字子由，晚号颍滨遗老。北宋文学家、宰相，“唐宋八大家”之一。

◎长居庐山，山脚有一片宁静湖水，临水幽榭隐在云雾之中。湖中芙蓉花开，乱石阻断湍流，湖面时常有鸟儿落下。有此美景，胜似隐居。

◎江城子·武夷山里一溪横

【宋】李纲

武夷山里一溪横，晚风清，断霞明。
行至晞真，馆下月华生。
仙迹灵踪知几许，云缥缈，石峥嵘。
羽人同载小舟轻，玉壶倾，荐芳馨。
酣饮高歌，时作步虚声。
一梦游仙非偶尔，回棹远，翠烟凝。

◎李纲，字伯纪，号梁溪先生，两宋之际抗金名臣。其诗词多爱国、咏史之作。

◎武夷山中，清风徐徐，云霞缥缈，怪石峥嵘。与道人同载小舟，举杯对饮，相谈甚欢。离别后，目送小舟消失在烟雾中，恍若梦中。

◎浯溪道中

【宋】范成大

江流去不定，山石来无穷。
步步有胜处，水清石玲珑。
安得扁舟系绝壁，卧听渔童吹短笛。
弄水看山到月明，过尽行人不相识。

◎一条大江流向未知的远处，岸边山石无数，每一处都是一幅绝美的山水画。停下小船，远处传来悠扬的笛声。这样的美景让我流连忘返，一直到明月初升。

◎浣溪沙·题紫清道院

【宋】周密

竹色苔香小院深，蒲团茶鼎掩山扃。
松风吹净世间尘。
静养金芽文武火，时调玉轸短长清。
石床闲卧看秋云。

◎周密，字公谨，号草窗，晚年号弁阳老人。擅长诗词，作品典雅秾丽、格律严谨，亦有感时之作。

◎撷一刻闲暇时光，于幽静庭院煮茶。轻柔的风夹杂着松香，吹净了人间浮尘。弹一曲清音，饮一盏茶，闲坐石床，看云卷云舒。

◎游龙门分题十五首·山槎

【宋】欧阳修

古木卧山腰，危根老盘石。
山中苦霜霰，岁久无春色。
不如岩下桂，开花独留客。

◎一棵老树斜倚山腰，盘根于巨石之间。经历了风霜雪雨，在漫长的岁月中不见春色。不如做山底的一棵桂树，香飘十里，总有人为她流连。

◎游龙门分题十五首·石笋

【宋】欧阳修

巨石何亭亭，孤生此岩侧。
白云与翠雾，谁见琅玕色。
惟应山鸟飞，百转时来息。

◎巍峨的高山之侧，立着一块亭亭巨石。白云翠雾间，坚守着孤独。偶尔会有飞倦的山鸟来此停留，给予片刻的陪伴。

◎渔家傲·和门人祝寿

【宋】苏辙

七十余年真一梦，朝来寿斝jiǎ儿孙奉。
忧患已空无复痛。心不动，此间自有千钧重。
早岁文章供世用，中年禅味疑天纵。
石塔成时无一缝。谁与共。人间天上随他送。

◎人生七十年如一场大梦，曾经的忧愁烦恼皆已随风而逝。如今我心如坚石，风雨不动。忆往昔，人生种种历历在目。从今后，天上人间，与谁同游？

◎渔家傲·福建道中

【宋】陈与义

今日山头云欲举，青蛟素风移时舞。

行到石桥闻细雨，听还住，

风吹却过溪西去。我欲寻诗宽久旅，

桃花落尽春无所。渺渺篮舆穿翠楚，

悠然处，高林忽送黄鹂语。

◎陈与义，字去非，号简斋，宋代诗人。诗尊杜甫，前期清新明快，后期雄浑沉郁。

◎阴云密布，山雨欲来。行到石桥便有细雨飘落，微风吹落一树桃花，随着溪水流向远方。烟雨中行过一片树林，你听，枝头有黄鹂歌唱。

◎渔家傲·淡墨轻衫染趁时

【清】朱彝尊

淡墨轻衫染趁时，落花芳草步迟迟。
行过石桥风渐起。
香不已，众中早被游人记。
桂火初温玉酒卮，柳阴残照柁楼移，
一面船窗相并倚。
看渌水，当时已露千金意。

◎一袭淡墨轻衫，赏一湖佳景。石桥上，轻风微拂，吹来一阵花香。夕阳西下，轻倚船窗，看碧水悠悠。

◎清平乐·苑秋凉早

【元】仇远

苑秋凉早，石径幽花小。
霜絮飞飞风草草，翠碧斓斑驰道。
香沟诗叶难寻，依然绿浅红深。
倚竹空歌黄鹄，谁招青冢游云。

◎秋意渐浓，秋风送来丝丝寒意，石径边的花儿已经凋谢，枝头的叶子也逐渐枯黄。忽然天空中一只鸿鹄飞入云端，打破了野外的宁静。

◎清明日狸渡道中

【宋】范成大

洒洒沾巾雨，披披侧帽风。
花燃山色里，柳卧水声中。
石马立当道，纸鸢鸣半空。
墦间人散後，乌乌正西东。

◎冷风吹乱了我的发丝，泪水沾湿衣襟。虽有山花烂漫，绿柳成荫，当我离去后，唯有石马、纸鸢与你相伴，消解你的寂寞。

◎满江红·题碧梧翠竹送李阳春

【明】张宁

一曲清商，人别后、故园几度。
想翠竹、碧梧风采，旧游何处。
三径西风秋共老，满庭疏雨春都过。
看苍苔、白石易黄昏，愁无数。

峄山畔，淇泉路。空回首，佳期误。

叹舞鸾鸣凤，归来迟暮。

冷淡还如西草，凄迷番作江东树。

且留他、素管候冰丝，重相和。

◎张宁，字靖之，号方洲，明朝中期大臣。能诗画、善书法，著有《方洲集》等。

◎与你别后，时常怀念你的风采。看着苍苔、白石，数着一个个黄昏，心中有着数不尽的愁。望你早日归来，与我合奏一曲高山流水。

◎满江红·乙巳生日

【宋】方岳

说与梅花，且莫道、今年无雪。
君不见、秋崖鬓底，茎茎骚屑。
笔砚只催人老大，湖山不了诗愁绝。
问箬篁、何事下矶来，抛云月。

重省起，西山笏。终负却，东山屐。

把草堂借与，鹭眠鸥歇。

乌帽久闲苍藓石，青衫今作枯荷叶。

笑人间、万事竟何如，从吾拙。

◎方岳，字巨山，号秋崖，南宋文人。方岳的词作风格清健，善用长调抒写国仇家恨。

◎时光催人老，转眼间，秋霜已染白鬓角。青衫乌帽早已被闲置在旁，将草堂借与鸥鹭歇脚。凡尘琐事已看淡，余生唯愿享悠闲时光。

◎满江红·和程学谕

〔宋〕方岳

苍石横筇，松风外、自调龟息。
浑不记、东皋秋事，西湖春色。
底处未嫌吾辈在，此心说与何人得。
向海棠、烂醉过清明，酬佳节。

君莫道，江鲈忆。吾自爱，山泉激。
尽月明夜半，杜鹃声急。
人事略如春梦过，年光不啻惊弦发。
怕醒来、失口问诸公，今何日。

◎于山间苍石上调息打坐，忘却凡尘旧事，满腔心事无人知。时光飞逝，人世间的旅行犹如大梦一场，只怕醒来后，不知今夕是何夕。

◎满江红·老子生朝

[宋]◎黄人杰

老子生朝，萧然坐离骚窟宅。
更莫诧、才雄屈宋，诗高刘白。
不向凤凰池上住，不逃鹦鹉洲边迹。
谩一官、如水过称呼，诸侯客。

平生志，水投石。首已皓，心犹灵。
算陆沉雄奋，总非人力。
广武成名惟孺子，高阳适意须欢伯。
睨醉乡、一笑抚青萍，乾坤窄。

◎黄人杰，字叔万，宋朝诗人。工词，著有《可轩曲林》一卷。

◎另有一说作者为郑元秀。

◎一向自负才高，唯愿才华得施展。而如今，青丝变白发，平生志向如巨石沉入水中，未起波澜。举杯消愁，胸怀开阔，天地亦变得渺小。

◎满江红·怀家山作

〔宋〕毛幵

回首吾庐，思归去、石溪樵谷。
临玩有、门前流水，乱松疏竹。
幽草春余荒井迳，鸣禽日在窥墙屋。
但等闲、凭几看南山，云相逐。

家酿美，招邻曲。朝饭饱，随耕牧。
况东皋二顷，岁时都足。
麟阁功名身外事，墙阴不驻流光促。
更休论、一枕梦中惊，黄粱熟。

◎毛幵，宋代文人，字平仲，号樵隐居士。著有《樵隐集》。

◎时常想念我的小屋，溪石松竹，幽草鸣禽，美不胜收。闲暇时，看南山流云，家常小菜，亲手耕种。岁月流逝，一朝梦醒，思归去。

◎溪居

[唐] 柳宗元

久为簪组累，幸此南夷谪。
闲依农圃邻，偶似山林客。
晓耕翻露草，夜榜响溪石。
来往不逢人，长歌楚天碧。

◎久为官职所累，被贬谪南夷。遂隐逸山林，与乡间菜圃为邻。清晨，踏着露水耕地除草；傍晚，乘舟游于溪石之间。独来独往，可以自由对着长空歌唱。

◎溪中早春

【唐】白居易

南山雪未尽，阴岭留残白。
西涧冰已消，春溜含新碧。
东风来几日，蛰动萌草坼。
潜知阳和功，一日不虚掷。

爱此天气暖，来拂溪边石。
一坐欲忘归，暮禽声啧啧。
蓬蒿隔桑枣，隐映烟火夕。
归来问夜餐，家人烹荠麦。

◎冰雪渐消，春回大地。趁着天气和暖，坐于溪边石上，赏融融春光。不觉间，已是黄昏，暮鸟归林，炊烟袅袅。归来时，一顿家常晚餐，有温暖的味道。

◎潭

【宋】苏轼

翠壁下无路，何年雷雨穿。
光摇岩上寺，深到影中天。
我欲然犀看，龙应抱宝眠。
谁能孤石上，危坐试僧禅。

◎悬崖峭壁，无路可通。那一汪碧潭，倒影中可见岩上山寺，俯首探看，深不见底，不知潭底是否有龙居住。那孤石险峻，可有谁敢坐在上面参禅？

◎山居秋暝

【唐】王维

空山新雨后，天气晚来秋。
明月松间照，清泉石上流。
竹喧归浣女，莲动下渔舟。
随意春芳歇，王孙自可留。

◎王维，字摩诘，号摩诘居士。唐朝诗人、画家。尤长五言，多咏山水田园，有“诗佛”之称。

◎秋雨初霁，山中清幽凉爽。月光温柔地洒在松林间，清冽的山泉流过乱石。竹林间传来欢笑声，是浣纱的姑娘们已经归来，渔舟打破了荷塘的宁静。这一切是这样恬静美好，我愿停留在这山水田园间，不再离去。

◎山中

【唐】王维

荆溪白石出，
天寒红叶稀。
山路元无雨，
空翠湿人衣。

◎溪水清浅，露出粼粼白石。随着秋的逝去，天气渐寒，红叶凋零。而山间依旧翠色欲滴，行于山路之上，仿佛会被这翠色打湿衣衫。

◎山行

【唐】杜牧

远上寒山石径斜，
白云生处有人家。
停车坐爱枫林晚，
霜叶红于二月花。

◎沿着蜿蜒曲折的石路上山，看远处，白云升起的地方，竟依稀有几户人家。这深秋的枫叶是如此可爱，让我忍不住停下多看一眼。

◎山寺

［唐］杜甫

野寺残僧少，山园细路高。
麝香眠石竹，鹦鹉啄金桃。
乱石通人过，悬崖置屋牢。
上方重阁晚，百里见秋毫。

◎一条蜿蜒小路盘桓而上，山中的生灵安闲悠然。踏过一片乱石，悬崖间的山寺出现在眼前。登高望远，千里江山尽收眼底。

◎山寺夜起

【清】江湜

月升岩石巅，下照一溪烟。
烟色如云白，流来野寺前。
开门惜夜景，矫首看霜天。
谁见无家客，山中独不眠。

◎江湜，字持正，清代诗人，毕生心力凝结为《伏敔堂诗录》，诗集中多为行旅诗歌。

◎一轮明月自岩石之巅升起，月光下，清溪上烟雾弥漫，那一缕轻烟随风飘到寺前。我深夜难眠，推门看，夜色苍茫，霜重天寒。一声叹，异乡孤寂，家在何方？

◎山行二首·选一

【宋】陆游

眼边处处皆新句，
尘务经心苦自迷。
今日偶然亲拾得，
乱松深处石桥西。

◎凡尘琐事纠缠于心，偶然间来此山间，乱松深处，石桥之西，处处是美景，如诗如画，让我浮躁的心有了片刻悠闲。

◎山头石

【宋】陆游

秋风万木霣yǔn，春雨百草生，

造物初何心，时至自枯荣。

惟有山头石，岁月浩莫测，

不知四时运，常带太古色。

老翁一生居此山，脚力欲尽犹跻攀；

时时抚石三叹息，安得此身如尔顽？

◎天地间万物枯荣皆有法度，唯有山中之石，不论岁月如何变迁，依旧保持着原来的模样。我虽老矣，却心若顽石，初衷不改。

◎山中六首·其三

【宋】方岳

野烟啼鸟各忻然，一枕山窝又几年。
不可奈何天有命，久当已矣世无缘。
跨牛仰面自横笛，骑鹤缠腰那办钱。
芦苇秋声石桥月，只餐荷气亦成仙。

◎深居山林已数年，与烟云飞鸟为伴，远离红尘。悠闲时，于林间牧牛吹笛。月光下，石桥边，芦苇轻摇。不食人间烟火，超脱凡尘。

◎岁暮叹三首·选一

【宋】张耒

南山苍苍秋季月，北风如刀青石裂。
山阴半夜寒欲冰，晚望高峰看新雪。
白衫少年臂鹰去，暮归饮酒烹狐兔。
强弓一斛尚可弯，更欲射猎穷吾年。

◎冷月如霜，凛冽的北风如利刀割裂青石。在这冰雪寒天，白衣少年雄姿英发，唯愿射猎度余年。

◎嵩山十二首·三醉石

【宋】欧阳修

拂石登古坛，旷怀聊共醉。
云霞伴酣乐，忽在千峰外。
坐久还自醒，日落松声起。

◎轻拂山石，与你共登古坛。寻一僻静处坐下，你我把酒言欢，开怀畅饮。醉后，仿佛听见云霞群山间有乐声传来。待酒醒，已是夕阳西下，松涛阵阵。

◎折桂令·风雨登虎丘

[元] 乔吉

半天风雨如秋。
怪石於菟，老树钩娄。苔绣禅阶，
尘黏诗壁，云湿经楼。
琴调冷声闲虎丘，剑光寒影动龙湫。
醉眼悠悠，千古恩仇。
浪卷胥魂，山锁吴愁。

◎乔吉，字梦符，号笙鹤翁，元代杂剧家。一生怀才不遇，倾其精力创作散曲、杂剧。

◎怪石嶙峋，古树虬曲，风雨给山寺添了几分潮湿与寒意。这里早已没有了琴声、剑影，伍子胥与吴国的千古恩仇，都已尘封在这浪涛与青山之中。

◎拟古诗八首·其八

【南北朝】鲍照

蜀汉多奇山，仰望与云平。
阴崖积夏雪，阳谷散秋荣。
朝朝见云归，夜夜闻猿鸣。
忧人本自悲，孤客易伤情。
临堂设樽酒，留酌思平生。
石以坚为性，君勿惭素诚。

◎鲍照，字明远，南朝宋文学家，与北周庾信并称“鲍庾”，与颜延之、谢灵运并称“元嘉三大家”。

◎客居蜀汉，群山高耸入云，朝见流云，暮听猿鸣，却难解我心中忧愁。举杯独饮，思量平生，此生心坚如石，从未动摇，无悔矣！

拟古九首·其三

【晋】陶渊明

仲春遘(gòu)时雨，始雷发东隅。
众蛰各潜骇，草木从横舒。
翩翩新来燕，双双入我庐。
先巢故尚在，相将还旧居。
自从分别来，门庭日荒芜。
我心固匪石，君情定何如？

◎陶渊明，名潜，字渊明，自号五柳先生。他是中国第一位田园诗人，被称为“古今隐逸诗人之宗”。

◎仲春时节，细雨蒙蒙，万物复苏。燕子从远方飞回，住进了曾经的小巢。自从与君分别后，门庭日渐荒芜，我对你的心坚如磐石，不知君心是否如我心？

◎捣衣曲

〔唐〕王建

月明中庭捣衣石，掩帷下堂来捣帛。
妇姑相对神力生，双揎白腕调杵声。
高楼敲玉节会成，家家不睡皆起听。
秋天丁丁复冻冻，玉钗低昂衣带动。

夜深月落冷如刀，湿著一双纤手痛。

回编易裂看生熟，鸳鸯纹成水波曲。

重烧熨斗帖两头，与郎裁作迎寒袭。

◎王建，字仲初，唐朝诗人。其诗题材广泛，生活气息浓厚。

◎秋夜凉如水，传来捣衣声，惊醒了梦中人。原来是母亲与妻子在为郎君准备冬衣，忍受着寒冷疲惫，只为了那一冬的温暖。

石谷倣王右丞雪霽圖
癸亥夏五月仿
補卿先生雅正
武進張克龢

◎少年游·南都石黛扫晴山

【宋】周邦彦

南都石黛扫晴山，衣薄耐朝寒。
一夕东风，海棠花谢，楼上卷帘看。
而今丽日明如洗，南陌暖雕鞍。
旧赏园林，喜无风雨，春鸟报平安。

◎周邦彦，北宋著名词人，字美成，号清真居士。其作品格律谨严，语言曲秾丽精雅，长调尤善铺叙。

◎一夜东风，春光正好。轻扫蛾眉，换上春衣，趁着风和日丽，赏园踏青。

◎小雅·渐渐之石

《诗经》

渐渐之石，维其高矣。
山川悠远，维其劳矣。
武人东征，不皇朝矣。
渐渐之石，维其卒矣。
山川悠远，曷其没矣。

武人东征，不皇出矣。
有豕白蹢，烝涉波矣。
月离于毕，俾滂沱矣。
武人东征，不皇他矣。

◎《诗经》是我国最早的一部诗歌总集，收集了西周初年至春秋中叶的诗歌，反映了周初至周晚期约五百年间的社会面貌。

◎翻过险峻的高山，跨过湍急的河流，看过皎洁的月光，见过大雨滂沱。将士们劳师远征，不顾艰险，不论朝夕。

◎夏日山中

【唐】李白

懒摇白羽扇，
裸袒青林中。
脱巾挂石壁，
露顶洒松风。

◎炎炎夏日，山林中却幽静凉爽。无须羽扇，解开衣衫，将头巾挂于石壁之上，任山风吹拂，悠然于自然之间。

过香积寺

【唐】王维

不知香积寺，数里入云峰。
古木无人径，深山何处钟。
泉听咽危石，日色冷青松。
薄暮空潭曲，安禅制毒龙。

◎在云雾缭绕的山中寻找香积寺，古木深深，不见人影。危石边，有泉水叮咚，一山青松映着寒意。日暮时分，安禅打坐，洗净尘世浮华。

◎过雍秀才居

【唐】贾岛

夏木鸟巢边，终南岭色鲜。
就凉安坐石，煮茗汲邻泉。
钟远清霄半，蜩稀暑雨前。
幽斋如葺罢，约我一来眠。

◎贾岛，字阆仙，人称“诗奴”，与孟郊共称“郊寒岛瘦”。

◎夏日炎炎，山岭间却有着一丝清凉。坐于石边，汲一壶清泉煮茶，听远方钟声阵阵、蝉鸣声声。此处幽境，我愿来此安眠。

◎送祝八之江东赋得浣纱石

【唐】李白

西施越溪女，明艳光云海。
未入吴王宫殿时，浣纱古石今犹在。
桃李新开映古查，菖蒲犹短出平沙。
昔时红粉照流水，今日青苔覆落花。
君去西秦适东越，碧山青江几超忽。
若到天涯思故人，浣纱石上窥明月。

◎越女西施已成传说，而浣纱古石今犹在。曾经它陪伴佳人临溪浣纱，如今已青苔满覆，落花无数。你如今要前往东越，天涯路远，若是思念故人，就去浣纱石上看明月吧。

◎送石洪处士赴河阳幕得起字

［唐］韩愈

长把种树书，人云避世士。
忽骑将军马，自号报恩子。
风云入壮怀，泉石别幽耳。
钜鹿师欲老，常山险犹恃。
岂惟彼相忧，固是吾徒耻。
去去事方急，酒行可以起。

◎韩愈，字退之，世称“韩昌黎”。他是唐代古文运动的倡导者，被后人尊为“唐宋八大家”之首。

◎本已避世隐居，又闻战事起。曾经的壮志又跃入胸口，只能告别泉石幽境，东山再起。我心忧家国，饮完这杯酒就出发。

送李卿赋得孤岛石得离字

【唐】岑参

一片他山石，巉chán巉映小池。
绿窠攒剥藓，尖硕坐鸬鹚。
水底看常倒，花边势欲欹。
君心能不转，卿月岂相离。

一块大石头，立幽池之旁，虫儿在石上筑穴，鸬鹚来此歇脚。愿君心坚如此石，永不相离。

◎赠别王山人归布山

［唐］李白

王子析道论，微言破秋毫。
还归布山隐，兴入天云高。
尔去安可迟，瑶草恐衰歇。
我心亦怀归，屡梦松上月。

傲然遂独往，长啸开岩扉。
林壑久已芜，石道生蔷薇。
愿言弄笙鹤，岁晚来相依。

◎我知你归心似箭，亦不强留。你披荆斩棘，傲然独往。有心与你同去，隐于山林之间。到那时，你我再相见。

◎和仆射相公朝回见寄

〔唐〕韩愈

尽瘁年将久，公今始暂闲。
事随忧共减，诗与酒俱还。
放意机衡外，收身矢石间。
秋台风日迥，正好看前山。

◎为国家鞠躬尽瘁多年，你终于获得片刻安闲。没有了众多人事的烦扰，又可以作诗饮酒话平生。秋风又起，不用再顾虑官场、战争，不如畅游山水，恣意人间。

辋川集·白石滩

[唐] 王维

清浅白石滩，
绿蒲向堪把。
家住水东西，
浣纱明月下。

◎《辋川集·白石滩》：一作《白石滩》。

◎夜色中，白石滩清澈见底，蒲草嫩绿柔软。溪水边，有浣纱姑娘的歌声传来，皎洁的月光也越显温柔。

◎殢人娇·李莹

〔宋〕杨无咎

恼乱东君，满目千花百卉。
偏怜处、爱他秾李。
莹然风骨，占十分春意。
休漫说、唐昌观中玉蕊。

妒雪减霜，凌红掩翠。

看不足、可人情味。

会须移种，向曲栏幽石戚。

愁绿叶成阴，道傍人指。

◎杨无咎，宋代文人，字补之，自号逃禅老人。擅绘画、书法，词多题画之作，风格婉丽。

◎春日百花齐放，我却偏爱李花，晶莹洁白，自有风骨。看不够她的美，想要移种一株于曲栏幽石处，却愁她绿叶成荫，被路人指点。

◎所居

【唐】李商隐

窗下寻书细，溪边坐石平。
水风醒酒病，霜日曝衣轻。
鸡黍随人设，蒲鱼得地生。
前贤无不谓，容易即遗名。

◎李商隐，字义山，号玉溪生。晚唐著名诗人，和杜牧合称“小李杜”。

◎于一处幽居窗下读书，在溪水边的石头上闲坐，轻风拂来，吹醒一丝醉意。随意养几只鸡，喂一池鱼，都是生活的乐趣。

◎烛影摇红·松窗午梦初觉

[宋]毛滂

一亩清阴，半天潇洒松窗午。
床头秋色小屏山，碧帐垂烟缕。
枕畔风摇绿户，唤人醒、不教梦去。
可怜恰到，瘦石寒泉，冷云幽处。

◎午梦初醒，窗外松阴笼罩，为床头的屏风蒙上一层秋色，碧纱帐垂如绿烟。我却依旧流连梦境，沉湎于瘦石、寒泉、冷云幽境，不忍醒来。

◎新筑山亭戏作

［宋］陆游

危槛凌风出半空，怪奇造化欲无功。
天垂缭白萦青外，人在纷红骇绿中。
日月匆匆双转毂，古今杳杳一飞鸿。
酒酣独卧林间石，未许尘寰识此翁。

◎山林高耸处，一座亭子凌风危立，烟雾缭绕间，依稀有人影晃动。岁月匆匆，我只是天地间一飞鸿，酒酣醉卧林间石，不用知道我是谁。

◎栾家濑

【唐】王维

飒飒秋雨中，
浅浅石溜泻。
跳波自相溅，
白鹭惊复下。

◎秋雨，淅淅沥沥地下着。溪水清浅，在石间轻快流动，不时，有调皮的水花飞溅，惊飞了水边的白鹭。

◎桃花溪

〔唐〕张旭

隐隐飞桥隔野烟，
石矶西畔问渔船。
桃花尽日随流水，
洞在清溪何处边？

◎张旭，字伯高，唐代书法家。他擅长草书，喜饮酒，世称“张颠”，与怀素并称“颠张醉素”。

◎山野间云烟缭绕，溪上的桥若隐若现，桃花随着流水漂流，这场景宛如仙境。忍不住来到岩石边问一问钓鱼人，可知桃源洞口在哪边？

◎梅花二首·选一

〔宋〕苏轼

春来幽谷水潺潺，
灼烁梅花草棘间。
一夜东风吹石裂，
半随飞雪度关山。

◎山谷清幽，溪水潺潺，草棘间，点点梅花提醒着春的到来。而一夜的东风吹裂了山石，料峭春寒带来了漫天飞雪。

◎横塘

【宋】范成大

南浦春来绿一川，
石桥朱塔两依然。
年年送客横塘路，
细雨垂杨系画船。

◎春日降临，河水便成了一片绿色，而岸边的石桥与红塔还是旧日的模样。送君离别，天空飘起了细雨，为离别添了一丝愁绪。

拟王叔明九夏松风图
庚辰重阳 徐邦达

◎日暮

[唐] 杜甫

牛羊下来久，各已闭柴门。
风月自清夜，江山非故园。
石泉流暗壁，草露滴秋根。
头白灯明里，何须花烬繁。

◎月华如水，夜风轻柔，可惜这美好的山川却不是我的故乡。深夜难眠，听石壁上泉水潺潺。如今我已鬓发苍白，烛花却绽开正盛。

◎早春寄王汉阳

［唐］李白

闻道春还未相识，走傍寒梅访消息。
昨夜东风入武阳，陌头杨柳黄金色。
碧水浩浩云茫茫，美人不来空断肠。
预拂青山一片石，与君连日醉壶觞。

◎一夜东风，吹绿了陌头杨柳，春天姗姗来迟。我早已拂净青山上的一片石，准备与你一醉方休。你若不来，岂不辜负了这片明媚春光？

◎春归

【唐】杜甫

苔径临江竹，茅檐覆地花。
别来频甲子，倏忽又春华。
倚杖看孤石，倾壶就浅沙。
远鸥浮水静，轻燕受风斜。
世路虽多梗，吾生亦有涯。
此身醒复醉，乘兴即为家。

◎离家多年，归来时一切如旧。倚杖看孤石，于浅沙上独酌。远处，鸥燕悠然。人生短暂，而世事艰难，我在醉与醒之间徘徊。不如随遇而安，兴之所至便是家了。

◎春宵自遣

【唐】李商隐

地胜遗尘事，身闲念岁华。
晚晴风过竹，深夜月当花。
石乱知泉咽，苔荒任径斜。
陶然恃琴酒，忘却在山家。

◎月华如水，晚风吹过竹林，乱石边，清泉叮咚。美好的风景让我忘却了尘世纷扰，弹琴饮酒，珍惜岁月静好。

◎晚步

[宋]吴则礼

暮林带斜日，隐隐闻疏钟。
息惫有孤石，扶衰怜短筇。
垂杨暖自绿，春事老浑慵。
正念余影独，忽与幽鸟逢。

◎吴则礼，宋代诗人，字子副，号北湖居士。著有《北湖集》。

◎春回渐暖，夕阳西下，远处传来隐隐钟声。扶一根竹杖漫步，疲惫时坐于孤石之上休息。正自叹孤独，却与空中鸟儿相遇，且让你与我为伴吧。

水龙吟·乱山深处逢春

【宋】韩元吉

乱山深处逢春，断魂更入桃源路。
双双翠羽，溅溅流水，濛濛香雾。
花里莺啼，水边人去，落红无数。
恨刘郎鬓点，星星华发，空回首、伤春暮。

寂寞云间洞户。问当年、佳期何处。

虹桥望断，琼楼深锁，如今谁住。

绿满千岩，浣衣石上，倚风凝伫。

料多情好在，也应笑我，却匆匆去。

◎《水龙吟·乱山深处逢春》：一作《水龙吟·溪中有浣衣石》。

◎于清幽山间偶遇一抹春色，惊喜之余，却勾起伤春愁绪。回忆起曾经与你相遇，旧景犹在，故人难寻。时光流逝，岩石已爬满青苔，而我只能在风中怀念往昔。

◎水龙吟·此身幸脱尘樊累

[元] 姬翼

此身幸脱尘樊累，宜更选清凉地。

山灵招我，峰屏岫幌，回环凝翠。

白石清泉，竹轩松迳，草堂林际。

拣凭高稳处，储风养月，更谁问，人间世。

厌尽壶天景致。笑桃源、落花流水。
个中时复，灵仙高会，彩云摇曳。
谈笑沧溟，几番尘土，劫灰弹指。
倒金壶碧酒，鲸波一吸，且陶陶醉。

◎终于逃脱凡尘俗世，于山林间置几间草堂。有清泉白石，雅竹苍松相伴，景色宜人，不羡桃源。闲暇时，赏景饮酒，悠然自得。

◎水调歌头·游览

［宋］黄庭坚

瑶草一何碧，春入武陵溪。
溪上桃花无数，枝上有黄鹂。
我欲穿花寻路，直入白云深处，
浩气展虹霓。只恐花深里，红露湿人衣。

坐玉石，倚玉枕，拂金徽。
谪仙何处？无人伴我白螺杯。
我为灵芝仙草，不为朱唇丹
脸，长啸亦何为？
醉舞下山去，明月逐人归。

◎神游桃花源，瑶草青青，桃花灼灼。我想要穿花寻路，去往桃源深处，却又贪恋一丝红尘意。坐玉石之上，无知己相伴，与谁同醉？我仅为仙草而来，已无遗憾，何必叹息？

◎水调歌头·和尹存吾

【宋】刘辰翁

造物反乎覆，白首困耆英。

吟风赏月石上，一笑再河清。

一百八盘道路，二十四桥歌舞，身世梦堪惊。

独酌未能醉，已醉蓦然醒。

别与老，惊相见，几回新。
来时燕栖未稳，满耳又蝉声。
闲忆钱塘江上，两点青山欲白，血石起鞭霆。
此事复安在，相对说平生。

◎刘辰翁，字会孟，别号须溪，南宋末年爱国诗人。其风格取法“苏辛”而又自成一体，豪放沉郁而不求藻饰。

◎白驹过隙，转眼我已白头。坐于石上吟风赏月，感叹人间又太平。忆平生，往事不堪回首。时过境迁后，再与你把酒话平生。

◎琅琊山六题·石屏路

[宋] 欧阳修

石屏自倚浮云外，
石路久无人迹行。
我来携酒醉其下，
卧看千峰秋月明。

◎山石如屏，孤立于浮云之间；山下石路，已久无人烟。我愿携一壶美酒醉于山下，卧看群山连绵，秋月高照。

◎望夫石

【唐】王建

望夫处，江悠悠。
化为石，不回头。
上头日日风复雨。
行人归来石应语。

◎江水悠悠，奔腾千年。岸边一块望夫石，亦凝望千年，风霜雪雨，从未改变。想问望夫石，你寄托了谁的相思，谁的等待？等到良人归来，能否倾诉这份思念？

◎惠山谒钱道人烹小龙团登绝顶望太湖

[宋] 苏轼

踏遍江南南岸山，逢山未免更留连。
独携天上小团月，来试人间第二泉。
石路萦回九龙脊，水光翻动五湖天。
孙登无语空归去，半岭松声万壑传。

◎偏爱山色，于是踏遍了江南的山。带上心爱的茶，来尝试这山泉的甘甜。山间，一条石路盘桓而上，放眼眺望，湖面波光点点。归去时，有半山松涛声为我送行。

◎感讽五首·其五

[唐] 李贺

石根秋水明，石畔秋草瘦。
侵衣野竹香，蛰蛰垂野厚。
岑中月归来，蟾光挂空秀。
桂露对仙娥，星星下云逗。
凄凉栀子落，山璺(wèn)泣清漏。
下有张仲蔚，披书案将朽。

秋夜，溪水清澈，秋草枯黄，野竹飘香。月光下，栀子凋落，山泉呜咽。你辗转难眠，慨叹读书数十载，功业难成。

◎月溪与幼遐君贶同游·时二子还城

【唐】韦应物

岸筱覆回溪，回溪曲如月。
沉沉水容绿，寂寂流莺歇。
浅石方凌乱，游禽时出没。
半雨夕阳霏，缘源杂花发。
明晨重来此，同心应已阙。

◎韦应物，唐代山水田园派诗人。其诗风恬淡高远，以善于写景和描写隐逸生活著称。

◎溪水清浅蜿蜒，溪边乱石林立，偶尔几只鸟儿来此逗留。夕阳时分，下起如烟细雨，为这片清溪添了一丝诗意。

◎长相思·我心坚

【宋】蔡伸

我心坚，你心坚。
各自心坚石也穿，谁言相见难。
小窗前，月婵娟。
玉困花柔并枕眠，今宵人月圆。

◎蔡伸，字伸道，号友古居士。擅书法，工词。

◎我对你的心坚若磐石，只要君心同我心，何必惧相见难。期待一个花好月圆之夜，与你重逢。

◎长歌续短歌

〔唐〕李贺

长歌破衣襟，短歌断白发。
秦王不可见，旦夕成内热。
渴饮壶中酒，饥拔陇头粟。
凄凄四月阑，千里一时绿。

夜峰何离离，月明落石底。

裴回沿石寻，照出高峰外。

不得与之游，歌成鬓先改。

◎明主难遇，让我内心煎熬。春已来到，而我却穷困潦倒。月亮在群峰间若隐若现，月光照向谷底石，我徘徊寻找，却难寻踪迹。慷慨悲歌，鬓发已苍。

◎武陵春·山鸟唤人归意重

【元】姬翼

山鸟唤人归意重，佳处有林泉。
茅屋经营三两椽，据分不拈钱。
万壑风鸣千嶂月，小有洞中天。
石上松间坐与眠，何处觅神仙。

◎山间的鸟儿唤我归隐，这里层峦叠嶂，别有洞天，正好筑小屋三两间。闲暇无事，于松林间坐卧石上，或赏景，或养神，不羡神仙。

◎无题

【宋】陈著

秋色薄山色，黄叶溪景瘠。
出门欲何之，失笑坐溪石。
冥鸿入层霄，感次万里翼。
手中铁拄杖，睨视难枉尺。
起舞衣袂扬，不借西风力。
浩浩天地间，谁能省头白。

◎秋色宜人，携一支杖登山赏景。山间秋叶已黄，一群鸿雁飞入云霄。登高望远，秋风拂面，衣袂翻飞，胸中豁然开阔，我在这天地间亦变得渺小。

◎登云龙山

【宋】苏轼

醉中走上黄茅冈，满冈乱石如群羊。
冈头醉倒石作床，仰看白云天茫茫。
歌声落谷秋风长，路人举首东南望，
拍手大笑使君狂。

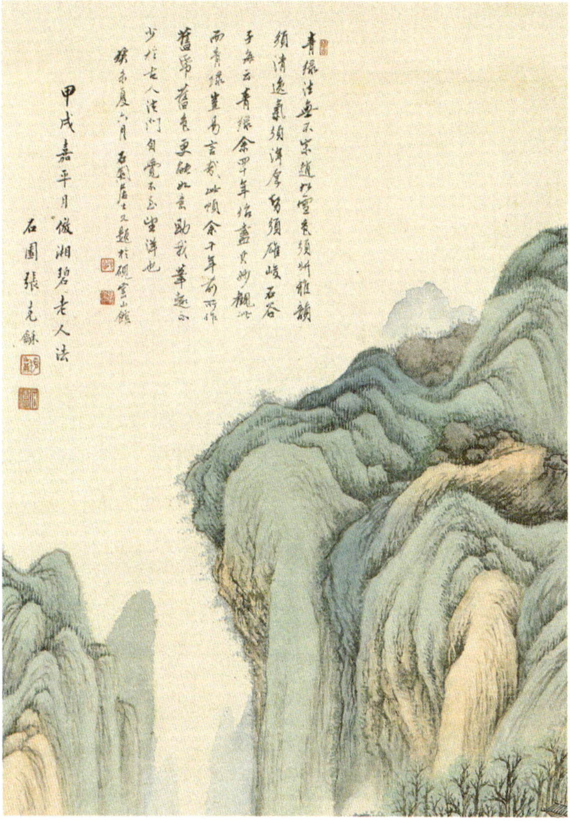

醉登云龙山，黄茅冈上，乱石林立。醉卧巨石之上，仰头看，云天苍茫。心中有豪情，欲高歌一曲，任他路人笑我狂。

◎登峨眉山

【唐】李白

蜀国多仙山，峨眉邈难匹。
周流试登览，绝怪安可悉？
青冥倚天开，彩错疑画出。
泠然紫霞赏，果得锦囊术。

云间吟琼箫，石上弄宝瑟。
平生有微尚，欢笑自此毕。
烟容如在颜，尘累忽相失。
倘逢骑羊子，携手凌白日。

◎登顶赏紫霞，盘坐巨石，在云间吹箫弹瑟。这一刻，我这个尘世俗人也想在此山洗净红尘，得道修仙。

◎登大伾山诗

【明】王守仁

晓披烟雾入青峦，山寺疏钟万木寒。
千古河流成沃野，几年沙势自风湍。
水穿石甲龙鳞动，日绕峰头佛顶宽。
宫阙五云天北极，高秋更上九霄看。

◎王守仁，字伯安，别号阳明。明代著名的思想家、哲学家、书法家兼军事家、教育家，是明代心学集大成者。

◎清晨，披着一身烟雾登山，山寺传来悠远钟声。山石间，溪水潺潺；石佛顶，旭日东升。登高望远，天外景尽收眼底，胸中豪情万千。

◎甘州·题赵药牖山居。见天地心、怡颜、小柴桑，皆其亭名

【宋】张炎

倚危楼、一笛翠屏空，万里见天心。
度野光清峭，晴峰涌日，冷石生云。
帘卷小亭虚院，无地不花阴。
径曲知何处，春水泠泠。

啸傲柴桑影里，且怡颜莫问，谁古谁今。
任燕留鸥住，聊复慰幽情。
爱吾庐、点尘难到，好林泉、都付与闲人。
还知否，元来卜隐，不在山深。

◎最爱我的山间茅庐，林泉山石，曲径幽池，清幽闲适。吹一曲笛音，自得其乐，无须深入山林，亦是隐逸佳处。

◎秋山

【唐】白居易

久病旷心赏，今朝一登山。
山秋云物冷，称我清羸颜。
白石卧可枕，青萝行可攀。
意中如有得，尽日不欲还。

人生无几何，如寄天地间。
心有千载忧，身无一日闲。
何时解尘网，此地来掩关。

◎久病初愈，登山赏景，心旷神怡。看山石青萝，皆奇趣可爱。不由得慨叹人生苦短，却心忧天下，忙忙碌碌。等到卸下凡尘琐事，定要长住此地。

◎秋思

【宋】曹勋

日落碧山暮，阴风生白苹。
飞响散高梧，水石光粼粼。
海草未凋绿，胡马嘶咸秦。
萧飒两华鬓，十年吹战尘。

◎曹勋，宋代文人，字公显，号松隐。著有《松隐文集》《北狩见闻录》等。

◎暮色渐近，一抹斜阳藏于远山之间。秋风起，荡起一池涟漪，水石间波光粼粼。深秋未至，战事又起，多年战尘染白了少年的头发，怎能不叫我心伤。

◎鹊桥仙·己酉山行书所见

【宋】辛弃疾

松冈避暑，茅檐避雨，闲去闲来几度？
醉扶怪石看飞泉，又却是、前回醒处。
东家娶妇，西家归女，灯火门前笑语。
酿成千顷稻花香，夜夜费、一天风露。

◎闲居山村，非我之志。欲借酒消愁，却每次都醉在同一块怪石处。乡村嫁娶，有明灯笑语。田野边，轻风送来千顷稻香，这纯朴的美好，慰藉了我的心。

◎鹊桥仙·七夕

［宋］向子諲

澄江如练，远山横翠，一段风烟如画。
层楼杰阁倚晴空，疑便是、支矶石下。
宝奁琼鉴，淡匀轻扫，纤手弄妆初罢。
拟将心事问天公，与牛女、平分今夜。

◎向子諲，字伯恭，自号芗林居士，宋代词人。其词清远、豪放，在文学创作上深受苏轼的影响。

◎澄江蜿蜒，远山青翠，轻烟缭绕。支矶石下，楼阁中，有女子对镜梳妆，淡扫蛾眉，等待着期待已久的相逢，诉说那藏于岁月中的思念。

◎初秋普明寺竹林小饮饯梅圣俞分韵 得亭皋木叶五首·选一

[宋] 欧阳修

临水复攲石，
陶然同醉醒。
山霞坐未敛，
池月来亭亭。

◎秋色宜人，清溪边，斜倚幽石。酒逢知己，舒畅开怀。不觉间，已是晚霞将尽，月上东墙。

◎虞美人·飞梁石径关山路

〔宋〕蔡伸

飞梁石径关山路，惨淡秋容暮。
一行新雁破寒空，肠断碧云千里、水溶溶。
鸾衾欲展谁堪共，帘幕霜华重。
鸭炉香尽锦屏中，幽梦今宵何许、与君同。

◎深秋时节，北雁南飞，我的思念也随之飞越千里之外。更深霜重，你能否进入我的梦中？

◎西山草堂

【唐】杜牧

何处人事少？西峰旧草堂。
晒书秋日晚，洗药石泉香。
后岭有微雨，北窗生晓凉。
徒劳问归路，峰叠绕家乡。

◎这一方清幽草堂，远离尘嚣。秋日，庭院晒书，石泉洗药；微雨，窗边读书，遥望故乡。

◎西江月·番禺赵立之郡王席上

【宋】向子諲

风响蕉林似雨，烛生粉艳如花。
客星乘兴泛仙槎。误到支机石下。
欢喜地中取醉，温柔乡里为家。
暖红香雾闹春华。不道风波可怕。

◎风吹蕉林声如雨，烛火光焰艳如花，众人泛舟湖上，流连美景，沉醉当下。且不管世事艰辛，温柔乡里度春华。

◎题李凝幽居

【唐】贾岛

闲居少邻并，草径入荒园。

鸟宿池边树，僧敲月下门。

过桥分野色，移石动云根。

暂去还来此，幽期不负言。

◎月色轻柔，云朵随着晚风浮动，脚下的山石仿佛也在移动。沿一条杂草小路来到这座清幽荒园，轻敲柴门，却惊动了枝头宿鸟。不忍离开，定下归期还复来。

◎题崇胜寺无心庵

【宋】贺铸

老鹤依林表，孤云寓山间。
结茅穷释子，著身如许闲。
有心即尘纷，无心犹石顽。
有无心并置，日暮客来还。

◎与老鹤孤云为伴，结庐隐居山间，享一身清闲。有心者，为红尘所累；无心者，则如顽石坚不可摧。不如做个红尘过客，享淡泊人生。

◎题宜兴庵壁三首·选一

〔宋〕李曾伯

拂石坐小桥，
临流俯清泚cǐ。
松声与禽声，
可以醒吾耳。

◎轻拂石头坐于桥边，静赏流水潺潺。清风吹于耳畔，松涛阵阵，鸟鸣声声，请让我保留这一刻的宁静与舒适。

◎题铁门关楼

[唐] 岑参

铁关天西涯，极目少行客。
关门一小吏，终日对石壁。
桥跨千仞危，路盘两崖窄。
试登西楼望，一望头欲白。

◎铁门关外，少有人烟，只有一位小吏终日对着石壁。登楼望远，山路曲折险峻，愁白了头。

◎竹枝九首·选一

【唐】刘禹锡

城西门外滟预堆，
年年波浪不能摧。
懊恼人心不如石，
少时东去复西来。

◎刘禹锡，字梦得，唐代文学家、哲学家，有“诗豪”之称。其诗文俱佳，涉猎题材广泛。

◎一块巨石，年复一年地接受巨浪侵袭，却依旧坚不可摧。叹人心反复，动摇不定，不若磐石坚定不移。

◎酹江月·中秋待月

【宋】刘辰翁

城中十万，有何人、和我乌乌鸣瑟。
对影姮娥成三处，谁料尊中无月。
翦纸吹成，长梯摘取，儿戏那堪惜！
洞庭夜白，一声聊破空阔。

休说二十四桥，便一分无赖，有谁谁识。
一枕秋衾南北梦，好好娟娟成雪。
旧日少游，锦袍玉笛，醉卧藤阴石。
萧然今夕，无鱼无酒无客。

◎芸芸众生，知己难寻。饮一杯酒，不觉已醉。梦中回忆往昔，旧日少年，意气风发，醉卧藤阴石上。叹今夕，失意潦倒，门庭萧索。

◎醉落魄·流年迅速

【宋】张抡

流年迅速，君看败叶初辞木，
若非寿有金丹续。
石火光中，难保鬓长绿。
区区何用争荣辱，百年一梦黄粱熟，
人生要足何时足。
赢取清闲，即是世间福。

◎《醉落魄·流年迅速》：一作《一斛珠·流年迅速》。

◎时光飞逝，如电光石火，转眼又是一秋。何必执着争荣辱，知足常乐，静享悠闲时光，亦是一种幸福。

◎走马川行奉送封大夫出师西征

〔唐〕岑参

君不见走马川行雪海边，平沙莽莽黄入天。
轮台九月风夜吼，一川碎石大如斗，
随风满地石乱走。
匈奴草黄马正肥，金山西见烟尘飞，汉家大将西出师。

将军金甲夜不脱，半夜军行戈相拨，
风头如刀面如割。
马毛带雪汗气蒸，五花连钱旋作冰，幕中草檄砚水凝。
虏骑闻之应胆慑，料知短兵不敢接，车师西门伫献捷。

◎边疆之地，风过处，飞沙走石。匈奴来犯，汉家大军不畏艰辛，昼夜行军。此战定能凯旋，我在这里等着捷报的到来。

◎赴彭州山行之作

［唐］高适

峭壁连崆峒，攒峰叠翠微。
鸟声堪驻马，林色可忘机。
怪石时侵径，轻萝乍拂衣。
路长愁作客，年老更思归。
且悦岩峦胜，宁嗟意绪违。
山行应未尽，谁与玩芳菲？

◎一路上，峰峦叠嶂，怪石侵径，鸟语花香。我已暮年，不堪长路之累，唯愿落叶归根。而这一路美景却弥补了我的遗憾，漫漫长路，谁愿与我共赏芳菲？

◎踏莎行·倚霞阁

【宋】曹冠

绣水雕栏，绮霞邃宇。
薰风飒至清无暑，花间休唱遏云歌，
枝头且听娇莺语。
景物撩人，悠然得句。
深杯戏把纹楸赌。
胸中邱壑自生凉，何须泉石寻佳趣。

◎曹冠，宋代文人，字宗臣，号双溪，著有《双溪集》《景物类要诗》，词有《燕喜词》。

◎满天彩霞，映红了一池水，清风徐来，吹散了暑意。于雕梁画栋间，看鸟语花香，饮酒弈棋，心旷神怡。心中有丘壑，何必去寻找泉石之趣？

青溪

【唐】王维

言入黄花川，每逐青溪水。
随山将万转，趣途无百里。
声喧乱石中，色静深松里。
漾漾泛菱荇，澄澄映葭苇。
我心素已闲，清川澹如此。
请留盘石上，垂钓将已矣。

◎《青溪》：一作《过青溪水作》。

◎一条小溪，沿着山势蜿蜒，乱石中，轻快奔腾，松林里，静静流淌。水面微波轻漾，水草随波轻摇。我愿长坐溪边的巨石上，悠闲垂钓，享岁月静好。

◎青玉案·残春

［宋］赵长卿

梅黄又见纤纤雨，客里情怀两眉聚。
何处烟村啼杜宇。劝人归去，早思
家转，听得声声苦。
利名萦绊何时住，恼乱愁肠成万缕。
满眼兴亡知几许。不如寻个，老松
石畔，作个柴门户。

◎赵长卿，宋代词人，号仙源居士。为“柳派”一大作家，其词风婉约，“文词通俗，善抒情爱”，享誉南宋词坛。

◎又到梅雨时节，斜风细雨，愁坏了异乡人。功名利禄、尘世烦恼千丝万缕，家国兴亡难预知。不如归去，与松石为伴，做个闲人。

◎雨歇池上

［唐］白居易

檐前微雨歇，池上凉风起。

桥竹碧鲜鲜，岸移莎靡靡。

苍然古苔石，清浅平流水。

何言中门前，便是深山里。

双僮侍坐卧，一杖扶行止。
饥闻麻粥香，渴觉云汤美。
平生所好物，今日多在此。
此外更何思？市朝心已矣！

◎微雨初歇，池上轻风吹过，门前桥竹青翠，石苔苍苍，溪水清浅。扶杖赏景，心旷神怡。饥渴时，有麻粥云汤饱腹。平生所好皆在此，再也不用去想红尘琐事。

◎雪晴晚望

【唐】贾岛

倚杖望晴雪，溪云几万重。
樵人归白屋，寒日下危峰。
野火烧冈草，断烟生石松。
却回山寺路，闻打暮天钟。

◎雪后初晴，独自倚杖遥望雪景，云雾缭绕，溪水潺潺。野火蔓延，露出了山石中的苍松。远处，寺院的钟声传来，我在暮色中踏上回程。

◎黄头郎

【唐】李贺

黄头郎，捞拢去不归。
南浦芙蓉影，愁红独自垂。
水弄湘娥佩，竹啼山露月。
玉瑟调青门，石云湿黄葛。
沙上蘼芜花，秋风已先发。
好持扫罗荐，香出鸳鸯热。

◎你独自远行，久久未归，可知那盼归的女子望穿秋水，满怀离愁？如今秋风终于送来了你的归期，她满心欢喜，期待着重逢。

城西门外滟预堆，
年年波浪不能摧。
懊恼人心不如石，
少时东去复西来。

◎竹枝九首·选一

【唐】刘禹锡

石

爽氣山山揚秋容色色鮮
辛巳重九日擬楊昇法
石園居士張克龢

◎琅琊山六题·石屏路

［宋］欧阳修

石屏自倚浮云外，
石路久无人迹行。
我来携酒醉其下，
卧看千峰秋月明。

◎题铁门关楼

【唐】岑参

铁关天西涯，极目少行客。
关门一小吏，终日对石壁。
桥跨千仞危，路盘两崖窄。
试登西楼望，一望头欲白。